U0004954

KURNIVAMAHAINEN
KISSA

# 吞下
# 世界的貓

瑪格達萊娜・海依　Magdalena Hai 著

提姆・尤哈尼　Teemu Juhani 繪

陳綉媛 譯

晨星出版

# 見證純真微小的良善
# 拯救岌岌可危的世界

黃筱茵／兒童文學專家．台灣大學文學院外國語文學系暨研究所　兼任講師

　　該如何訴說這個世界的豐富美好？又如何思量倘若一切都消失、世界會多麼貧瘠荒蕪？《吞下世界的貓》以一則奇異瑰麗的幻想故事，帶領讀者們看著遠方的國度從幾乎消逝殆盡，最後反轉命運、重新恢復燦爛美麗的過程。故事的結構顛覆讀者的想像，全世界最瘦弱迷你的小女孩遇見身形無限膨脹增大的黑貓，從對峙到親近，譜出了令人驚異又感動的奇幻樂章。

　　故事的開始，是一片乾涸荒涼、失去希望的地景，小小的女孩形單影隻的行走，無依無靠，也不曉得該走向何方。一般的童書故事也許會讓這麼一位無助的小女孩在旅途中遇見某個忠心耿耿的友伴，這個故事卻描繪她立刻遭遇即將被吞噬的威脅：巨大的黑貓現身，說自己因為飢餓難耐，非但已經吃掉了世上所有的一切，也非得把女孩吃掉不可。不過女孩雖然小，卻展現了無比的勇氣，她請黑貓再寬限她一天的時間，看看能否找到其他食物替代。

　　接著，是一連串驚險又高潮迭起的旅程。女孩和黑貓走過村莊和海濱，看見餓到完全沒有食物可吃，只能依靠夢想為食的村民，看見因為兩軍征戰、殘破的刀柄散落海灘，蒼翠的森林早已成為遙遠的記憶，整個世界與曾經棲息在這裡的繽

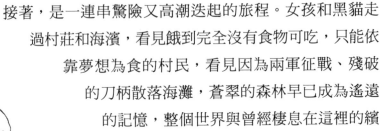

2

紛生命都消失了，驚人的是：不論是地景或是各式各樣的生物，全都是被黑貓張開大嘴吞進肚裡。黑貓無論怎麼吃依然飢腸轆轆，他愈長愈大，胃口也愈來愈大，這全是因為他被肚裡的一名小老人控制，只能不斷進食。

故事的邏輯相當特別，頗有一種故事中還有故事、世界的生成茁壯或毀滅是因為被某些角色操控的後設意涵。當黑貓最後在女孩鼓勵下一一吐出所有曾經吞噬的物事時，世界又從零開始堆疊變幻、逐漸復甦，讀者們簡直就像在見證這個神奇世界種種生命表現的曠時攝影。 更精采的，是這種曠時攝影擴及我們所有的感官經驗：各種生命的動態、聲音、氣味、帶給人的感動，全都在故事尾聲活靈活現地在讀者們面前映現。

故事裡女孩與黑貓的關係前後有很大的轉變。一開始他們是敵對關係，黑貓幾次表示……雖然自己已經愈來愈喜歡小女孩，還是要把她吃掉，因為如果不吃掉她，黑貓總有一天會餓死。女孩當然想保住性命，採取拖延戰術，希望能不被黑貓吞噬。不過最終解救女孩自己，還有整個世界的關鍵，其實是小女孩對黑貓純真的信任。即使發現黑貓不斷吞噬萬物的緣由，女孩依舊相信黑貓的心底存在著善意。她這種善良的信念，使黑貓在最後一刻決定相信她，也因此讓大家和世界都得救。

《吞下世界的貓》以老人貪得無厭的心念和女孩與黑貓彼此贏得的信任與愛做為對比，肯定了愛的終極價值。黑貓再怎麼吃、變得再大都不曾飽足，文末縮回原本大小，和女孩一起在陽光下奔跑，才找到了暖暖的包容與愛。原來，再多奇詭的計謀，都不及真心以對，這才是生命裡最真摯、最珍貴的事物。

**瑪格達萊娜・海依（Magdalena Hai）**

　　一位生活在芬蘭馬斯庫鎮（Maskun）森林裡的童書作家。是奇異事物的愛好者，她認為就算長大成人，也不該停止玩耍。其作品跨流派，經常結合科幻、奇幻和恐怖的元素。

　　曾榮獲芬蘭文學出口獎（Finnish Literary Export Prize），芬蘭兒童和青少年文學獎（Finlandia Prize for Children's and Youth Litetature）以及北歐兒童青少年文學獎（Nordic Council Childrenand Young People's Literature Prize）提名。著有《歡迎光臨惡夢雜貨店》、《乞丐公主》等。

**提姆・尤哈尼（Teemu Juhani）**

　　芬蘭插畫家、圖畫書製作人和漫畫藝術家，插圖作品可見於 30 多個國家。除了童書外，提姆同時出版插畫雜誌和教材。

# 1

很久很久以前，在一個很遠的國度，但或許沒有想像中的那麼遙遠。有片土地正飽受嚴重的乾旱和貧窮折磨。很久很久以前，這裡曾經是片綠意盎然的土地，住著各種人和動物，但那段美好的時光早已逝去，只留存在人們的回憶裡。

這片土地上住著一個小女孩，她是世界上最迷你的一個女

孩。她是如此的瘦小，連田野中的野兔都比她高出一個頭來，她的個子是如此的迷你，她的掌心幾乎只有一片三葉草花朵大。也許是因為乾旱和貧窮，小女孩才會如此瘦小。在這個國度裡，沒有人有足夠的食物，自然也不會有人願意分享僅存的食物。所以這個小女孩，這個獨自生存在世界上的小女孩，也失去了所有讓生命變得美好的價值與意義。

有一天，小女孩走在村莊的小路上時，遇見了一隻肚子餓得咕嚕咕嚕叫的貓。

　　這是一隻毛髮亂蓬蓬、全身烏黑的貓，他的身體比這個國度最高的大樹還要大。黑貓綠色的眼睛炯炯有神，他長長的牙齒彷彿能夠輕易地刺破一顆熱氣球。當黑貓看到小女孩時，喉嚨發出呼嚕聲說道：「哦，多麼瘦小的女孩！你比松鼠小，甚至比我爪

子ⁱ的ᵈ粉ᶠ紅ʰ色ˢ腳ʲ趾ʲ還ʰ要ʸ小ˣ。
不ᵇ過ᵍ，也ʸ許ˣ你ⁿ已ʸ經ʲ夠ᵍ填ᵗ
飽ᵇ我ʷ的ᵈ肚ᵈ子ⁱ。我ʷ已ʸ經ʲ好ʰ
久ʲ好ʰ久ʲ沒ᵐ吃ᶜ到ᵈ東ᵈ西ˣ了ᵗ，
現ˣ在ⁿ肚ᵈ子ⁱ咕ᵍ嚕ˡ咕ᵍ嚕ˡ
叫ʲ個ᵍ不ᵇ停ᵗ。」

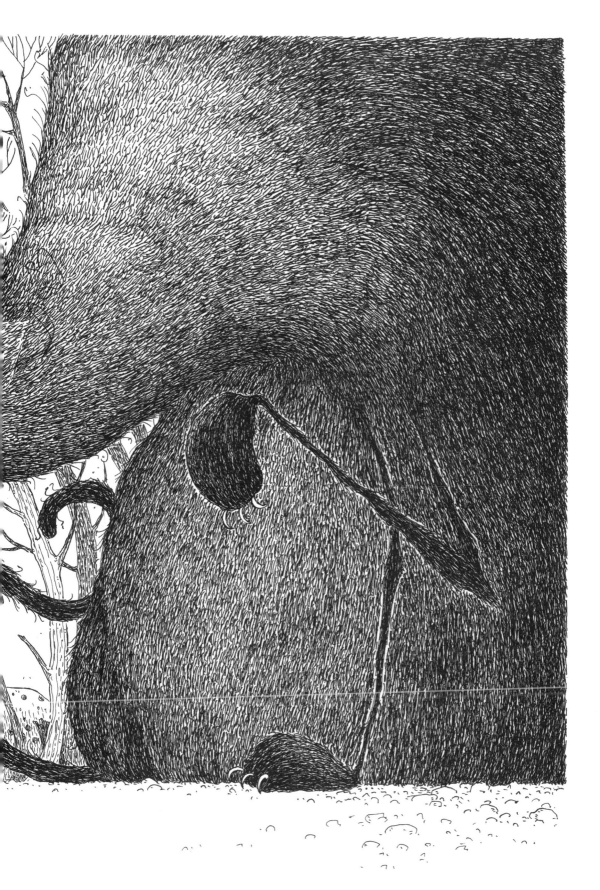

「不要吃我，」小女孩聽到黑貓說的話時哭喊道。「我太瘦小了，根本不夠填飽你的肚子！我只剩下一身皮包骨了。」

黑貓那雙綠眼睛直直地盯著小女孩看。「也許你說的對，但是這片土地是如此的貧瘠荒蕪。如果我現在不吃掉你，誰知道我什麼時候才會有食物吃。」然後黑貓用臉頰撞倒身旁的一棵樹，那棵樹立刻斷成了兩半。他接著說：「說實話，我並不想把你吃掉，因為你看起來是個乖巧的好

女孩。我以前和人類一起生活過，我還記得我很喜歡那段日子。但是如果我不趕快吃點東西的話，我的肚子會繼續咕嚕咕嚕叫個不停，要不了多久的時間我就會餓死了。」黑貓粗糙的粉色舌頭從牙縫間伸了出來，舔了舔自己毛茸茸的臉頰。

「哦，好心的貓，請你不要吃掉我！」小女孩哀求道。「再給我一天的時間，我會幫你找到其他食物的！」

貓咪剛伸出的利爪又縮回了他柔軟的腳掌裡。儘管肚子仍舊大聲地咕嚕叫個不停，他還是把自己的爪子放回地上。他喵了一聲，接著說：「好吧。反正我已經餓得夠久了，再多等一天也無妨。不過你在找食物的時候，我會一直跟著你。如果你在日落後還沒有找到任何食物，那麼我就會把你吃進嘴裡。」

「沒問題。」小女孩說道。

# 2

　　黑貓和小女孩一起出發尋找食物。黑貓走在右邊，像一棵高大的深色松樹，女孩像個小信箱一樣嬌小。

　　當他們抵達一座村莊時，太陽已經高掛在天上。那裡住著許多人，有大人也有小孩，但不論年紀，他們都瘦小得像稻草，皮膚乾扁得像村莊旁貧瘠的田地。

「食物？」村民們看到貓時都嚇壞了。「我們已經好多年都沒有食物可以吃了，一直吃著我們自己的思想和夢想，靠著這些餵飽我們才能夠活下來。」

黑貓的肚子繼續咕嚕咕嚕叫著，他對小女孩說：「也許我應該吃掉整座村莊的居民，而不是吃掉你。儘管他們跟麥稈一樣又乾又瘦，但是他們連自己的思想和夢想都能吃掉，沒有任何值得活下來的理由了。」

然而小女孩卻說：「你這肚子咕嚕咕嚕叫的貓，不要這麼做！他們一定擁有很多很多的夢想和思想，才能養活整座村莊的居民這麼久。而且你看，這裡還有這麼多的孩子，新的夢想還不斷地從他們的腦袋裡冒出來。」

黑貓看著小女孩，知道她說的是真的。

　　孩子們的腦中不斷地創造出嶄新的思想，就像肥皂泡泡一樣閃閃發亮。儘管這片土地是如此的荒蕪，但正是新的思想才得以餵飽這裡的每一個村民。

　　「好吧，」黑貓回答道。「不過你要記得，如果這一天結束的時候，我們還沒找到其他食物可以吃的話，我就要吃掉你。儘管我開始喜歡你了，你對我很友善，我們相處起來也很愉快，

但我不得不這麼做。因為我的肚子餓得咕嚕咕嚕叫，我別無選擇。」

黑貓說完，他的肚子咕嚕咕嚕的大聲回應。小女孩感覺到腳下的土地震動得發出隆隆隆的聲音。

# 3

　　他們離開了村莊，來到了海灘。黑貓凝視著海浪拍打沙灘上的岩石，他的鬍鬚因為好奇心而在風中豎起飄動，雙眼半張半閉。小女孩在沙灘上撿拾美麗的石頭和空空的貝殼，但是沒有找到任何能吃的東西。黑貓這時舔了舔自己的爪子。

「以前這片大海充滿生氣，現在卻什麼都沒有，如此荒涼。」

「這裡發生了什麼事？」小女孩問道。

然而，黑貓什麼也沒說，只是若有所思地靜靜看著海浪，彷彿聆聽著大海咆哮聲中傳來的古代戰爭的回聲。

「你看，」小女孩說道，「那邊的沙裡有個東西。」

她走近，並仔細檢查那個東西。

　　「是吃的嗎？」黑貓問道，因為他的肚子又咕嚕咕嚕叫了。

　　「不是，」小女孩回答。「這是劍柄。」

　　女孩用力抓住劍柄，並使勁拚命地拉，劍柄終於從溼潤的沙中脫身而出。這是一把短劍，劍柄由鯨骨製成並鑲有琥珀色的寶石，鋒利的銀色刀刃閃閃發亮。

小女孩掂了掂手中的劍。黑貓從她臉上的表情猜到了她在想什麼。

「如果你認為那東西能阻止我吃掉你，那你就錯了，」黑貓笑了笑說道。「我吃過比那更尖銳的東西。」

女孩沉默了一會兒。最後終於開口說道：「我覺得這把劍很漂亮。如果你不介意，我想把它帶在身邊。我不會用它來對付你的，除非萬不得已。」

黑貓聳了聳肩，接著說：「隨你的意吧。」

小女孩把劍塞進連衣裙的腰帶裡。女孩和黑貓再次肩並著肩穿過海灘，往陸地走去，她看到沙灘上有其他劍柄分別從沙灘四處冒出來——有的是鯨骨做成的，有皮革製成的，有鐵製成的，有些鐵鏽色的。海灘上滿是刀劍和匕首。

　　「這裡曾經爆發過一場可怕的戰爭，是兩個王國和兩個國王之間的紛爭，」黑貓說道。他甩動尾巴，撞翻了一座蓋在岸邊的

穀倉，但是黑貓沒有注意到這件事。「兩個國王都認為這片海灘屬於自己的王國，是那場血戰把我引來了這裡。」黑

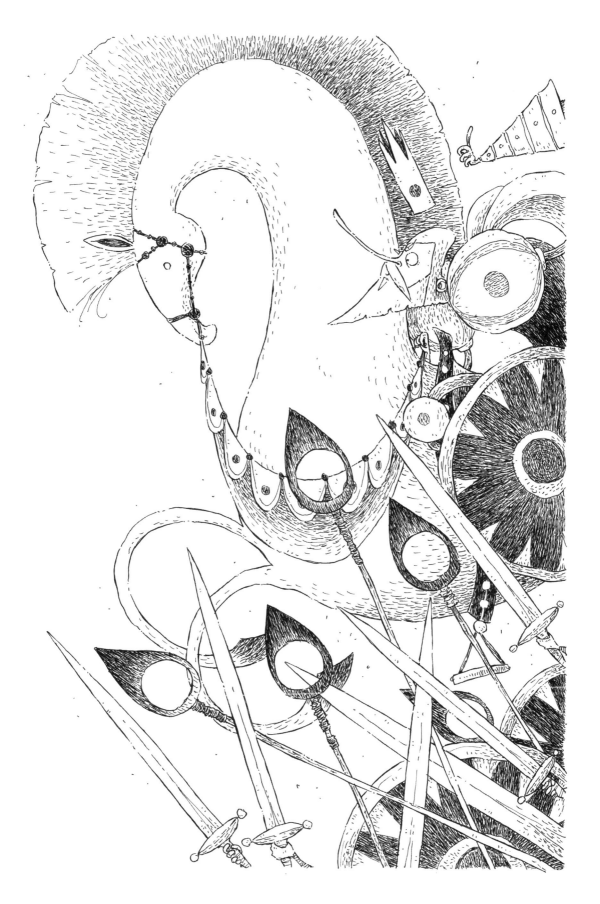

貓一邊思索著，一邊舔了舔自己的嘴唇。「我沒辦法說究竟是哪一支軍隊嚐起來更美味，一旦進了我的肚子裡，他們都一樣。」

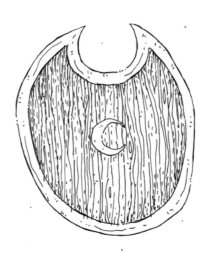

# 4

　　儘管小女孩沒有跟黑貓提起，但是她不禁開始擔心這段旅程會把他們帶到哪裡。畢竟她還只是個小女孩，面對一隻吞了兩支軍隊卻仍然感到飢腸轆轆的貓，她又能怎麼辦呢？

　　而且，為什麼貓每走一步，他的身體似乎就變得更大了些呢？

「我沒看到你吃任何東西，可是你卻一直在變大。」小女孩說道。「這是怎麼一回事？」

這時黑貓用一隻眼睛費力地盯著小女孩看，因為他已經變得如此巨大，很難看清楚身形始終瘦小的女孩。「當你吃得夠多的時候，你自然就會長大，這是無法控制的。」黑貓數公尺長的觸鬚顫動著。「但是依然會感到飢餓，對於這點我也同樣無法控制。」

烈日當頭，前方的道路灼熱得閃閃發亮。小女孩感覺到脖子上的汗珠被風吹得冷颼颼的，她想要喝點水，但是海水太鹹了，附近沒有泉水，甚至也沒有溪水可以喝。最後，黑貓和女孩走進了一片森林裡。但是這裡不是翠綠的樹林，乾枯的樹幹看起來就像黑炭一樣，樹枝也少了樹葉的點綴，看不到任何生命的痕跡。

「鳥兒都到哪裡去了？」小女孩問道。

「我把他們都吃掉了。」黑貓回答道，他閃躲女孩的目光。

女孩生氣地瞪著貓，眼神充滿責備。

　　「我的胃需要食物。」黑貓為自己辯解道。

　　「你吃掉這片森林裡的每一隻小鳥嗎？」小女孩問道。「你甚至沒有留下媽媽們，讓她們能夠在這片森林裡孵出新生命嗎？」

　　黑貓搖了搖頭。「沒有，我吞掉了每一隻小鳥，不斷地吃，直到一隻不剩。」

「這真的是太壞了！」小女孩說道。

黑貓羞愧地低下頭來。

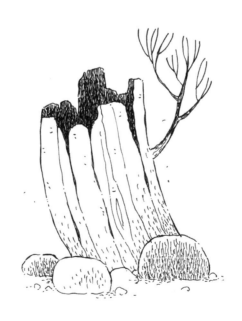

# 5

　　他們沿著樹蔭下早已乾涸的河床走，穿越樹林，走進森林深處。映入眼前的是空蕩蕩的池塘和青蛙的洞穴。他們還看見大麋鹿曾經走過的小徑。然而，現在整座森林什麼都沒有，寂靜無聲，林蔭間完全看不到任何動物的蹤影。

　　「我還記得和人類住在一起時度過的那段日子。」黑貓說。

女孩抬起頭看著貓，看到黑貓圓潤柔軟的臉頰，接著看到映照在貓咪眼中的自己，一個瘦小又脆弱的身影。

　　「我已經記不太清楚，」黑貓繼續說道，「因為那是很久以前的事了。我曾經有個主人，一個小男孩。他總是爬樹爬得太高了。」

　　小女孩的手緊緊握著劍柄，她不敢問貓是不是吃掉了小男孩。「你喜……喜歡他嗎？」

　　黑貓沒有察覺到小女孩的恐懼。「我喜歡有人關心照顧我，也喜歡有人讓我想關心照顧。」

女孩和肚子咕嚕咕嚕叫個不停的黑貓爬上了山坡，直到抵達河流的源頭。然而，眼前只剩下被太陽曬得龜裂乾涸的土壤，透露著這裡曾經有豐沛的泉水。

「是誰用光了泉水？泉水曾經孕育這片土地，讓這裡生氣蓬勃，現在卻枯竭得一滴水也沒有？」小女孩說道。「是誰這麼不替他人著想呢？」

女孩環顧四周，從山腰上俯瞰整片飽受乾旱和貧窮摧殘的土地。她望向村莊，村民們只能倚賴自己的夢想生存下去。她再看

看那片海灘，現在除了刀劍插刺在沙灘上以外，什麼生物也沒有。最後她凝視著那座森林，那裡曾經充滿生氣，現在卻變得死氣沉沉，漆黑荒蕪。

「是我，」黑貓終於承認道。「是我喝光了泉水。我吃了森林裡的所有動物，海裡的每一條魚，也吃光村莊的全部穀物。我咕嚕咕嚕叫的肚子迫使我這麼做。」

「所以這就是你變得這麼巨大的原因嗎？」小女孩問道。

現在黑貓的頭幾乎快要碰到雲朵，他的尖牙可以輕易地劃破天空。黑貓點了點頭，他擺動頭的同時，在雲朵上劃出了一道縫隙。他的聲音像雷聲般震耳欲聾：「以前的我比現在還要小許多，是一隻普通的貓。但是，後來我的肚子開始咕嚕咕嚕叫，開始渴望更多的食物。雖然我不停地吃東西，肚子還是不斷地叫個不停。」現在黑貓的一雙大眼睛如海洋溼潤，閃爍著水光。「我不停地長大，直到我吞掉了所有東西。對於我所做的一切，我真的感到非常抱歉。但是，我仍然很餓。」當黑貓訴說著自己的往

事時，太陽已經沉入地平線，夜空也出現了今晚的第一顆星星。黑貓發出悲傷的喵叫聲。「我們共處的一天已經結束，現在我必須吃掉你，小女孩。儘管你已經成為我的朋友，更重要的是，我越來越喜歡你了。」

一顆閃閃發亮的銀色淚珠從黑貓的眼角滴落，在山腳旁的地面上濺起了水花。小女孩撫摸著大黑貓的大爪子，她說：「哦，貓咪。你讓咕嚕咕嚕叫的肚子決定你的生活，從沒停下來思考一下自己的所作所為是不是正確的。」

「貓本來就不會思考什麼是正確的，什麼又是錯誤的，」黑貓喵喵叫道。「我們也不需要這麼做，畢竟我們和其他的生物不一樣。」

「但是，你們和其他的生物一樣，都是活在這個世界上，」小女孩回應道。「你們不是住在不同的世界裡。」

小女孩看著貓咕嚕咕叫的肚子好一段時間。那看起來就像一面豎立在她面前毛茸茸的高牆，隆隆的叫聲聽起來如雷霆般響亮。

小女孩抬頭望著天上的星星，小小的眼睛與綠色的眼珠對視。她接著說道：「如果你真的非吃掉我不可，那就這麼做吧。吃掉我和我身上的劍。但是，如果你真的是我的朋友，那麼請不要一口一口撕咬我，一大口把我整個吞下吧。那麼至少我還可以多活一會兒時間。」

　　黑貓點點頭。「那就這麼做吧。」

黑貓伸出他粗糙的大舌頭，然後一口吞下了女孩和她的那把短劍。不過在吞下小女孩的時候，黑貓小心翼翼地，不讓自己的尖牙弄傷他的新朋友。

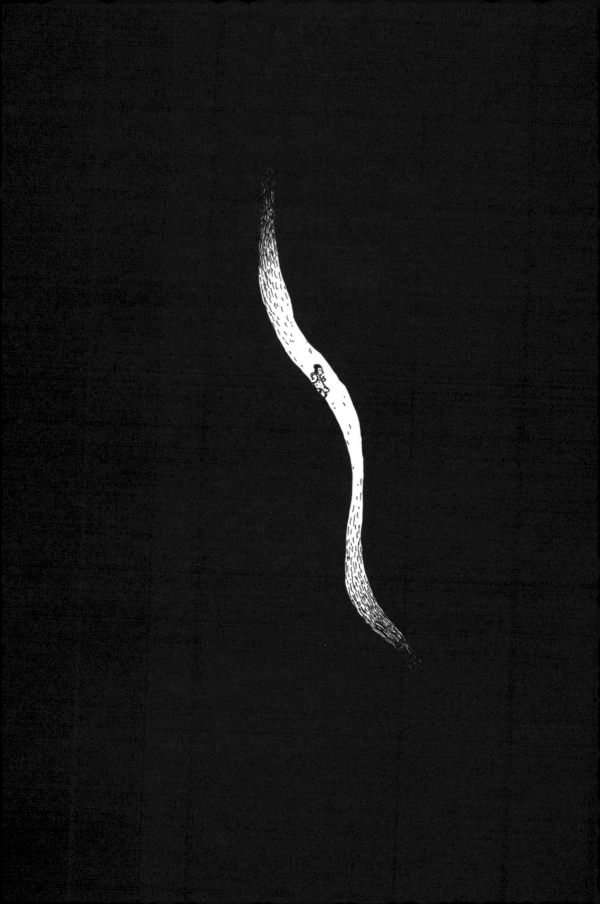

# 6

　　過了好幾天好幾夜，小女孩的旅程才終於抵達黑貓的胃。她不得不爬過黑貓舌頭上粗糙的顆粒，然後在沒有繩子或鏈子的幫助下，直溜溜地滑進黑貓沒有盡頭的、長長的食道中。當她感到累了，就蜷縮在黑貓咽喉處柔軟的皺褶裡睡覺。她睡醒時，小女孩看到世界上所有的驚奇事物從她身旁往下墜落。

因為黑貓吞掉了小女孩，就再也沒有什麼可以阻擋黑貓和他飢腸轆轆的肚子了。黑貓一支接著一支地吞下遠方海灘上的短劍與長矛。然後他回到倚靠夢想存活的村莊，他吃啊吃，毫不停歇，直到連高山、道路、星星和月亮也被他吞掉。而這段期間黑貓跟著不斷地變得越來越巨大。

　　當小女孩終於抵達黑貓的胃時，她發現黑貓已經吞下了他們所生活的整個世界。在發出隆隆

巨響的黑貓肚子裡，有小鳥和大熊，也有樹木和樹椿，一片混亂。飽受驚嚇的大白鯨們受困在村莊的道路上。倒塌的房子堆積如山，重重地壓垮彼此，而屋內的村民們仍在夢中沉睡。

不過黑貓肚子發出的咕嚕咕嚕聲響籠罩了這一切。

小女孩從腰間拔出短劍，在黑貓的胃底沿路走著。她把擋住去路的穀物糧食和海中寶物踢到

一旁，她不得不繞過一艘大海盜船，船長從望遠鏡裡看到她時驚訝不已。接著女孩爬到一棟倒塌的大房子上，透過大廳的窗戶，她看到屋裡村民驚恐的臉龐。

「小女孩，請救救我們！我們被困住了。」他們的呼喊聲因為玻璃的阻隔變得非常低沉。

小女孩將雙手放到嘴巴兩側，像使用喇叭般大聲喊道：「我一定會救你們的！請再等一下！」

小女孩在黑貓的胃裡尋找了好長一段時間，最後她終於發現一間小木屋。這是一間非常小的木屋，要不是女孩個子像森林裡的野兔般小，根本就不會注意到小木屋的存在，更不可能通過小木屋的門。但是，她找到了這間小木屋，也走進那一扇低矮的小

門。屋裡有一張橡木桌，桌子的盡頭獨自坐著一位蓄著白鬍子的老頭，他正在吃黑貓胃裡的東西。這個老頭的手指彎曲，臉上也長滿肉疣，頭上除了耳邊幾根稀疏油膩的頭髮，就沒有任何毛髮了。老頭全神貫注地享用大餐，一開始甚至沒有發現小女孩的到來。

小女孩走向前去，在老頭身旁的一張空椅子上坐了下來。

木桌上擺滿了各種能想像得到的東西：一籃籃的水果和各種口味的蛋糕，一盤盤的義大利小汽車，還有載滿乾草、信件和包

裹的馬車。在桌子的
正中央有一個大鍋子，鍋
裡正燉煮著一整座城市。這
是一座人滿為患、煙霧瀰漫的
城市，數以百計的煙囪不斷冒
出刺鼻的濃煙，飄散在這間
昏暗的小木屋裡，小女
孩不得不用手搗

住嘴巴，免得忍不住大聲咳嗽起來。坐在木桌一端的老頭正在大快朵頤，他一邊咀嚼，一邊抓起任何抓得到的東西，拚命塞進自己的嘴裡。

「你是誰？」在吃東西的空檔時，老頭開口問道。小女孩一臉驚恐地看著老人吃東西的模樣，她回道：「我沒有名字，我只是一個小女孩。」

「每個人都有個名字。」老頭邊用一根小乾草剔牙，邊低聲嘟噥道。

「我沒有名字。」小女孩說道。

老頭瞇起眼睛盯著小女孩看，接著說道：「每個人都一定要有名字，我的名字叫做內烏斯。我是萬物之主阿爾貝圖斯・塞貝特烏斯・埃克諾巴蒂・內烏斯。我是這裡的霸主，也是統治者。」

「我知道，」小女孩說道。「我也猜到了你是誰。」

「像你這樣的小女孩知道什麼？」老頭問道。

「當黑貓告訴我，無論他怎麼吃也吃不飽的時候，我就知道這一定是有原因的。」小女孩回答道。「畢竟黑貓是一隻心地善良的貓，再也找不到比你還要貪得無厭的人了。」

老頭一邊盯著女孩看，一邊又抓起一截鐵軌塞進嘴裡。他先是嚼了一會兒，然後開始把鐵軌咬碎，他的嘴裡發出嘎吱嘎吱的聲音。

「你錯了，你不該強迫黑貓吞下整個世界的！」女孩說道。「黑貓並不想這麼做。」

老頭從嘴裡吐出一片鐵軌。「但他還是那麼做了。」他說道。

「他並不想做這麼可怕的事，他只是肚子餓了。」

「只要他願意的話，他隨時都能停止。」

萬物之主內烏斯狠狠瞪著小女孩，他的一雙大眼睛布滿斑點，可怕得令人毛骨悚然。「再說黑貓本來就可以不管自己餓得咕嚕咕嚕叫的肚子，也不需同情那些被他吃掉的人和動物。那全是他自己的選擇！」老頭舔了舔沾黏在手指上的鐵軌碎屑。

「但是，那樣他就會死掉！」小女孩開始哭泣。她緊緊握住劍柄，劍發出懾人的光芒，然而小女孩卻不知道該怎麼使用這把劍。

內烏斯指了指劍，並說道：「你來到這揮舞著那把小劍，打算殺死我或是用它來劈開貓的肚子。對吧？」

小女孩點點頭。

「你做不到的！我太強大了，而你太愛那隻貓！」

「是的，我很愛他。」小女孩啜泣著說道。

「你們結伴同行到天涯與海角，見過這個世界的一切事物，」老頭那雙紅腫的眼睛瞪著女孩看。「你永遠都不可能傷害他的。」

小女孩拔出短劍，劍鋒指著內烏斯。「離開這個地方！」

老頭哈哈大笑了起來。「你以為威脅我，我就會輕易屈服嗎？」

內烏斯笑得口沫橫飛。「你只不過是這世界上無數小女孩中的其中一個，你無法傷害我。只要我繼續留在貓的肚子裡，我就所向無敵。」內烏斯朝小女孩擺了擺手，然後繼續大笑個不停。「你看，雖然我看起來有點小，但事實上我跟聽命於我的黑貓一樣強大。」

為了證明他的力量，內烏斯揮動手臂，黑貓的肚子馬上發出巨大的咕嚕聲。小女孩不得不摀住耳朵，把頭埋進膝蓋裡，她手中的劍滑落到地上。這時內烏斯馬上撿起短劍，緊緊用牙齒咬住它。在遠處，非常遙遠的地方，小女孩聽見黑貓痛苦的哀號聲。

內ㄋㄟˋ烏ㄨ斯ㄙ緊ㄐㄧㄣˇ緊ㄐㄧㄣˇ咬ㄧㄠˇ著ㄓㄜ˙小ㄒㄧㄠˇ女ㄋㄩˇ孩ㄏㄞˊ的ㄉㄜ˙劍ㄐㄧㄢˋ，並ㄅㄧㄥˋ說ㄕㄨㄛ道ㄉㄠˋ：「此ㄘˇ時ㄕˊ此ㄘˇ刻ㄎㄜˋ，我ㄨㄛˇ是ㄕˋ統ㄊㄨㄥˇ治ㄓˋ整ㄓㄥˇ個ㄍㄜˋ世ㄕˋ界ㄐㄧㄝˋ的ㄉㄜ˙萬ㄨㄢˋ物ㄨˋ之ㄓ主ㄓㄨˇ！」

# 7

「不！」小女孩尖叫道。「你是世界上最渺小的人，你甚至比我還要弱小！」小女孩跑出內烏斯的小木屋，然後爬到黑貓肚子裡那些混亂小山的最高處。她站在那裡，大聲喊道：「黑貓！我知道你聽得到我說的話！你還來得及拯救我們。」

內烏斯走到小木屋的門旁，舉起雙手，握緊拳頭，這使得黑

貓的肚子發出前所未有的咕嚕咕
嚕聲。

「我好餓！」黑貓大聲喊道。

但是小女孩並沒有放棄。
「你的肚子裡住著一個貪婪的萬
物之主！只要把他吐出來，你就
不會再感到飢餓！」

聽到小女孩這麼說，內烏斯
憤怒地大吼，黑貓也因為恐懼嚇
得喵喵大叫。因為他的胃壁在內
烏斯的控制下被縮小扭曲，不斷
地發出隆隆巨響。小女孩的上方
傳來黑貓的聲音：「我好害怕，
小女孩！如果那麼做我還是肚子
餓，那該怎麼辦？」

「那就餓肚子吧！」小女孩大聲喊道。「沒有人可以獨自吞掉整個世界，這是不對的！」

黑貓沉默不語，但是他胃裡的隆隆聲猶如驚滔駭浪。

內烏斯哈哈大笑。「我早說過了！貓不敢把我吐出去的，他認為我是他的一部分。他認為沒有我，他會變得什麼都不是！」

小女孩對老頭扮了個鬼臉，接著大聲喊道：「我才不管你說的話！黑貓！我們兩個一起走了一整天，我非常了解你，你是一隻心地善良的貓。如果你放棄貪婪，我會把你當成我的貓！」

貓發出一聲咆哮，星星都被震得偏離了原來的軌道。

「你會成為我的貓，我會好好照顧你，我們再也不會感到孤單。我們會一起走遍世界每個角落，一起觀賞世界上最美好的事物。我也會和你一起爬到世界上最高的樹上！」

整個貓胃的世界開始在他們周圍翻動，不斷地搖擺扭動。

內烏斯大聲狂吼，並朝小女孩的方向跑去。小女孩看到老頭眼睛裡布滿的斑點，她心想那是眼屎和黏液。老頭的嘴巴越變越大，大到能一口把小女孩吞下。

當老頭的牙齒同時變得越來越大時，小女孩知道他並不會一口吞下自己，而是一口一口地撕咬，一塊一塊地扯裂，直到吃光她為止。女孩感覺到黑貓在猶豫，如果她死了，黑貓就更沒有勇氣放棄因為貪婪而獲得的一切。

內烏斯把嘴巴越張越大，大到他整個人彷彿成了一張大嘴。這時，小女孩看到內烏斯鋒利的牙齒還咬著那把短劍，她把手伸進內烏斯的大嘴裡，一把抓住並奪走了劍，她猛然蹲下身子，靈巧地從內烏斯身體底下翻滾而過，千鈞一髮之際躲過他的尖牙利齒。接著小女孩將劍刺進貓肚

子的粉紅色皺摺裡，這時他們仍然在貓的胃裡。

貓的肚子開始顫抖、翻動、抽搐了起來。

「你做了什麼？」內烏斯張著血盆大口，憤怒地大聲喊道。

貓肚子裡的咕嚕咕嚕巨響使得原本平靜的大海掀起大浪，巨大的浪向小女孩襲來並把她整個人給捲走了。萬物之主內烏斯的大嘴裡也灌滿了海水，一瞬間他消失不見了。

小女孩無助地在海浪漩渦裡旋轉著。她看見身旁還有許多的

海洋生物：鯨魚、章魚和眼睛會發光的魔鬼魚。她的頭時不時地沉入水中，只見一片黑淒淒的海底，那裡甚至連浮游生物也無法生存。就在小女孩感到再也撐不住的時候，突然有人抓住她的手，一把將她拉到海面上。

原來是海盜船的船長，這個一臉兇狠的男人一把將小女孩從船舷拉到甲板上來。海盜船在大浪的浪峰上猛烈地搖晃著，雖然船長是個勇猛強壯的偉大海盜，他的神情看起來也有些驚慌。女孩從甲板上眺望，看見整個世界不停地在她周圍瘋狂旋轉。星星和月亮，山脈與森林。整個世界都在混亂的漩渦中翻轉著，而在

所有事物的中心，也就是急速旋轉的漩渦中心，正是萬物之主內烏斯。這時在他們的頭頂高處，黑貓的咽喉慢慢張開了，通往一條崎嶇不平的紅色通道。在通道的盡頭，小女孩看到一道光芒。

「善良的貓！」小女孩大聲喊道。「親愛的黑貓！就是現在！」

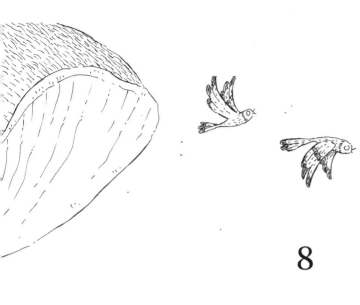

## 8

　　黑貓悲慘地發出最後一聲
淒厲的叫聲。他的身體兩側開
始顫動，接著整個世界向上移
動。一個接一個，星星和行星
從貓的嘴裡滾了出來，遠處月
亮升起，月球的表面森林密
布，山坡上也不斷地湧出清澈
純淨的泉水。朱鷺以及被他們
吃掉的青蛙也都重獲了自由，

那些青蛙帶有翡翠綠和紅色的斑點。擁有思想與夢想的人們、咩咩叫著的羊群也都被釋放了。白鯨們彼此在通往自由的道路上大聲歌唱。

小女孩和海盜船以及其他所有的魚，連同大海一起被沖了出來。

這時黑貓的身體漸漸開始變小，原先像世界那麼大的黑貓變得跟陸地一樣大，然後又慢慢縮小變得跟一棟公寓一樣大，再縮小到跟一頭大象一樣大，繼續縮小到像一匹馬那麼大。當黑貓變得跟一頭黑豹一樣大時，終於把

糟老頭內烏斯從嘴裡吐了出來。現在留在黑貓肚子裡的只剩下幾隻可憐的老鼠和兔子，他們是黑貓還是一隻普通的貓時就不幸被吃掉的。

　海盜船在珊瑚礁旁拋下船錨。小女孩走下船，接著搭上一艘小艇。跟船長告別後，小女孩划著小艇駛向一座島嶼，這時她看見黑貓正坐在島嶼的沙灘上等待自己。

　「你真是一隻大貓咪呀！」小女孩驚訝地說道。她伸出小手撫摸貓那身猶如黑豹般的黑色短毛。

黑﹝貓﹞發﹝出﹞一﹝聲﹞低﹝沉﹞的﹝呼﹞嚕﹝聲﹞。陽﹝光﹞下﹝，他﹝綠﹞色﹝的﹞眼﹝睛﹞閃﹝爍﹞著﹝光﹞芒﹝，他﹝黑﹞色﹝的﹞毛﹝髮﹞也﹝閃﹝閃﹞發﹝亮﹞。

「不﹝論﹞身﹝體﹞大﹝小﹞，貓﹝咪﹞永﹝遠﹞是﹝貓﹞咪﹝。你﹝也﹝是﹝長﹝大﹝了﹝不﹝少﹞。」黑﹝貓﹞注﹝視﹞著﹝小﹞女﹝孩﹞對﹝她﹞這﹝麼﹞說﹝。

小女孩仔細看了看自己，注意到自己的腳真的變大不少，胳膊也變長了。現在她再也不能拿兔子或松鼠比擬自己的大小，現在他們和她已經差得遠了。她已經是和女孩一樣大的小女孩了。

　　老頭內烏斯也同樣被拋到小女孩和黑貓坐著的那片沙灘上。老頭慢慢地醒了過來，他眨了眨布滿眼屎的雙眼，一邊揉著自己的頭，一邊咒罵，並盤起他扭曲變形的雙腿。當他瞥見小女孩和黑貓的身影時，整個人嚇了一大跳，馬上爬起身子，一邊憤怒地揮舞著拳頭，一邊迅速地跑進森林裡。

「我們該把他抓起來嗎？」如豹般的黑貓大聲咆哮問道。

但是，小女孩搖了搖頭。「如果你抓到他，你打算對他做什麼呢？你不能再把他給吃掉。不！阿爾貝圖斯‧塞貝特烏斯‧埃克諾巴蒂‧內烏斯永遠都會存在於這個世界上。我們真正要謹記的是，不要再被他掌控我們的命運。」

「你說的有道理，」貓說道。他舔了舔自己柔軟的大爪子，想了想後說：「不抓那個老頭，或許我們可以追捕那些？」

貓的爪子指向森林，在那裡充滿新生命的夢想泡泡正在陽光下閃爍跳動著，然後他疑惑地看了看小女孩。

「還是這麼做也太過分了？」

小女孩微微笑。「我們來比賽吧！」她邊說道，邊在貓來得及舞動觸鬚前就開始向前奔跑。

蘋果文庫 162

# 吞下世界的貓
## Kurnivamahainen kissa

作者｜瑪格達萊娜・海依（Magdalena Hai）
繪者｜提姆・尤哈尼（Teemu Juhani）
譯者｜陳綉媛

責任編輯｜呂曉婕
封面設計｜鐘文君
美術編輯｜黃偵瑜

線上填寫回函，輕鬆獲得
晨星網路書店50元購書金

創辦人｜陳銘民
發行所｜晨星出版有限公司
台中市 407 工業 30 路 1 號 1 樓
TEL：（04）23595820　FAX：（04）23550581
E-mail:service@morningstar.com.tw
http://www.morningstar.com.tw
行政院新聞局局版台業字第 2500 號
法律顧問｜陳思成律師

讀者服務專線｜ TEL：（02）23672044 /（04）23595819#212
讀者傳真專線｜ FAX：（02）23635741 /（04）23595493
讀者專用信箱｜ service@morningstar.com.tw
網路書店｜ http://www.morningstar.com.tw
郵政劃撥｜ 15060393（知己圖書股份有限公司）

印刷｜上好印刷股份有限公司

出版日期｜ 2024 年 04 月 15 日
定價｜新台幣 350 元
ISBN｜ 978-626-320-797-4
CIP｜ 881.1599　113002513

Text: Copyright © 2017 by Magdalena Hai
Illustrations and Graphic Design: Copyright © 2017 by Teemu Juhani
Published by arrangement with Elina Ahlbäck Literary Agency Oy Ltd.,
through The Grayhawk Agency
Traditional Chinese edition: Copyright © 2024 MORNING STAR
PUBLISHING INC.